ÉTUDES DIVERSES

NOUVELLE SÉRIE

3

SAVIGNY ET LA RÉFORME

Émeutes & Révolution dans un Monastère

Par M. HIPP. SAUVAGE

*Membre de la Société d'Archéologie d'Avranches
et de Mortain*

AVRANCHES

IMPRIMERIE TYPOGRAPHIQUE & LITHOGRAPHIQUE DE JULES DURAND

Rues Boudrie, 2, & Quatre-Œufs, 24

1897

(3)

ÉTUDES DIVERSES

NOUVELLE SÉRIE

3

SAVIGNY ET LA RÉFORME

Émeutes & Révolution dans un Monastère

Par M. Hipp. SAUVAGE

*Membre de la Société d'Archéologie d'Avranches
et de Mortain*

AVRANCHES

IMPRIMERIE TYPOGRAPHIQUE & LITHOGRAPHIQUE DE JULES DURAND

Rues Boudrie, 2, & Quatre-Œufs, 24

1897

SAVIGNY

ET

LA RÉFORME

———

ÉMEUTES ET RÉVOLUTION

DANS UN MONASTÈRE

———

La *Société de l'histoire de Normandie*, dont le siège est à Rouen, vient de mettre en distribution le 1er volume de l'*Histoire de la Congrégation de Savigny*, dont la publication est due aux soins de l'un de nos plus zélés compatriotes, Membre titulaire de la Société d'archéologie d'Avranches. M. l'abbé Laveille s'est inspiré, comme MM. de Beaurepaire, d'un sentiment véritablement patriotique, en faisant ainsi connaître l'une des plus belles compositions qui honorent l'ancien diocèse d'Avranches et nos contrées normandes : nous lui devons notre tribut d'éloges.

Si la *Société de l'histoire de Normandie* a fait jusqu'ici une large part à l'abbaye du Mont Saint-Michel, en donnant dans ses collections *La Chronique de Robert de Torigny* (1), l'un de ses plus illustres abbés, ainsi que l'*Histoire générale du Mont Saint-Michel* (2), par dom Huynes, aujourd'hui, elle attribue un rôle plus important peut-être encore à l'abbaye de Savigny, parce qu'elle rappelle que ce monastère fut le chef d'un ordre important et le seul qui ait occupé ce rang dans toute la province. C'est dire de suite toute la haute valeur de l'ouvrage que M. l'abbé Laveille met au jour ; c'est constater l'intérêt hors ligne qu'il saura mériter et les développements considérables qu'il devra justifier, puisque la Congrégation de Savigny, dans moins de quarante années, étendit ses ramifications en France et en Angleterre, sur plus de trente monastères fondés par elle ; c'est enfin, dans une très rapide analyse, faire ressortir la portée absolument exceptionnelle d'une composition qui eût dû être publiée depuis longtemps, et que l'on est tout étonné de savoir encore inédite.

L'Histoire de la Congrégation de Savigny aura trois volumes.

Quoique nous en connaissions le texte manuscrit depuis plus de dix ans, nous n'entreprendrons pas d'en faire le résumé : ce serait de la témérité. Nous pouvons assurer cependant que c'est un travail d'une importance capitale et qui a été conçu par un religieux doué d'une grande intelligence, d'une science profonde et surtout d'une immense modestie.

Dom Claude Auvry, son auteur, qui fut prieur de Savigny, n'a même pas voulu faire connaître son nom. Sans une simple indication, échappée à sa plume comme un élan du cœur, nous n'eussions même pas su qu'après s'être démis de sa dignité pour revenir simple moine dans l'abbaye des Vaux-de-Cernay, voisine de son lieu de naissance et où il avait prononcé ses vœux religieux, il avait dû mourir dans ce monastère, avec la satisfaction d'avoir terminé son admirable entreprise d'un très beau livre.

---

(1) Elle a été publiée par M. Léopold Delisle.
(2) Sa publication est due à M. Eug. de Beaurepaire.

Avec cette seule indication, M. l'abbé Laveille a pu retrouver, dans les archives du département de Seine-et-Oise, des données certaines. Il a reconstitué ainsi, sans lacunes, avec un succès presque inespéré, l'existence absolument mystérieuse et presque problématique d'un religieux voué pendant sa vie entière au recueillement, à la prière et à l'étude, et il a confirmé de la façon la plus complète ce que nous avions avancé le premier dans notre petit livre de « *Saint Vital et l'Abbaye de Savigny* », qu'aucun doute n'était possible sur la paternité de l'œuvre de dom Claude Auvry.

Dès lors, dans une introduction ample et large de formes et d'allures, l'éditeur de l'*Histoire de la Congrégation de Savigny* nous a généreusement fait part de ses découvertes, et il nous les a racontées presqu'avec les inspirations d'un poète et d'un véritable artiste. Il nous les a narrées alors avec conviction, et ses convictions ont gagné les esprits de ses lecteurs, qui ont éprouvé à leur tour les jouissances savourées de ses propres surprises et de ses justes admirations.

C'est ainsi qu'en reconstituant lui-même à grands traits, d'une façon très sommaire, mais à la fois très brillante, l'historique de l'abbaye de Savigny, à travers six ou sept siècles, il a fait ressortir le rôle immense que joua saint Vital à la fin du XIᵉ siècle. Cet homme, qui fut le plus éminent peut-être de nos contrées, en fondant Savigny, se fit l'un des réformateurs les plus ardents de la vie monastique, comme saint Bernard, qui opposa l'austérité de Citeaux au luxe de Cluny, comme saint Etienne de Muret, fondateur de l'ordre de Grandmont, comme saint Bruno, l'inspirateur de la Chartreuse de Grenoble, et comme Robert d'Arbrisselles, son condisciple et ami, l'instituteur de l'ordre de Fontevrault. L'œuvre de saint Vital fut immense ; elle attira tous les regards et elle provoqua tous les concours.

Cependant M. Laveille n'a presque rien ajouté à ce qui était déjà connu des annales du monastère. Nous l'avons regretté, car les documents surabondent ; ils sont même innombrables. Seulement ils sont dispersés un peu partout, à Paris, à Rouen, à Saint-Lo, ainsi qu'à Mortain. Il y en a même en Angleterre en quantité.

Du reste, il se propose, nous assure-t-on, dans une préface de

son 2ᵉ volume, de revenir sur cet historique et d'y ajouter
un certain nombre de renseignements nouveaux, ce qui sera un
véritable complément de l'histoire de la congrégation.

Nous lui demandons alors l'autorisation de profiter de cette
circonstance pour la rectification de deux erreurs commises par
lui ou dont il a été le motif.

Ainsi, aux feuilles 20 et 21 de son «*Introduction*», en rap-
pelant ce que raconte D. Claude Auvry du meurtre de l'abbé de
Savigny, César de Brancas, il dit que ce prélat fut égorgé par
les calvinistes, en 1562, en la paroisse de Mantilly. Or, la scène
de ce meurtre s'accomplit au château d'Ivoy, en la paroisse de
Carelles, au canton actuel de Gorron (Mayenne). Nous même,
dans nos *Recherches historiques sur Mortain*, p. 279, avions commis
la même inexactitude, que nous tenons à réparer.

D'un autre côté, M. Charles de Beaurepaire, en présentant à
ses collègues de la *Société de l'Histoire de Normandie* l'ouvrage de
M. l'abbé Laveille, a fait une confusion qu'il est essentiel de ne
pas voir se reproduire. Il a parlé dans des termes excessivement
élogieux du cardinal Du Bellay, qui fut l'un des abbés les plus
éminents de Savigny, de 1587 à 1609. En voulant le citer, il
l'a appelé le cardinal du Belloy. Or ce dernier, qui fut arche-
vêque de Paris en 1801, puis élevé au cardinalat en 1803, et
dont la tombe en marbre blanc est dans l'une des chapelles de
la circata de Notre-Dame, est un personnage d'un tout autre âge.

Il n'y a eu là, évidemment, qu'une simple méprise d'un
typographe.

En même temps, nous voulons attirer l'attention de M.
Laveille sur une note qui, en réalité, n'est qu'un simple ren-
seignement, mais qui a cependant une certaine importance.
Elle mérite d'être au moins contrôlée, et surtout complétée,
s'il y a lieu. Cette note, nous l'avons trouvée à la bibliothèque
de la ville de Mortain, entre les feuillets d'un volume des
Analectes de Mabillon, et nous l'avons renfermée dans l'un des
tiroirs du bureau de cet établissement. Elle a dû, jusqu'ici,
échapper à tous les regards, et elle présente d'autant plus
d'intérêt, que jusqu'à ce jour, les amas considérables de décom-
bres qui recouvrent les dalles de la basilique de Savigny, n'ont
jamais encore permis de retrouver les monuments funèbres

qu'elle peut contenir. Nous la faisons connaître dans toute sa
primeur, car il y a là des découvertes à opérer.

« Seigneurs enterrés à Savigny.

« Robert, seigneur de Vitré. Sur les vitres, 1173, 11 novembre.

« André, seigneur de Vitré. Sur les vitres, 1210.

« Alain, seigneur de Dinan.

« Robert et Joscelin, leurs frères, tous enfants de Robert III,
« seigneur de Vitré. Die Sancti Martini obiit.

« Girold, seigneur de Landevy. Philippe de Landevy. Willaume,
« fils de Richard, seigneur de Landevy, fils de Willaume,
« seigneur de Landevy.

« Henry, sire de Fougères, qui céda ses états à Raoul, son
« fils. Il se fit moine à Savigny, et tous deux furent enterrez
« dans cette abbaye : sçavoir Raoul, en 1194, XVII Kalendas
« junii.

« Willaume, fils de Raoul II de Fougères. Obiit 1187, 7° idus
« junii. Il laissa Geofroy.

« Willaume de Saint-Brice. Obiit 1215 Andegavis. Apporté
« à Savigny, pour être mis avec ses ancêtres (Chroniqua
« Savigniensis).

« Willaume d'Osteilly, évêque d'Avranches, 28 octobre 1236.

« Guitenton de Vitré, 1241.

« Nicolas Avenel, dominus de Chalandré. Eodem anno.

« Hugo de Bagellis (de Bazoches). — Probablement de La
« Bazoge. — Juxtà matrem suam in claustro, antè capitulum.
« Anno 1249, 18 calendas maii.

« Robert Le Gendre. Noster benefactor, 1250.

« Théophania, filia Willelmi Le Gendre. Eodem anno, juxtà
« fratrem suum Robertum.

« Radulphus III, dominus Filgeriis. 1256, Kalend. martii,
« fiilius Gaufridi domini Filgeriis, sepultus, juxtà patrem suum
« ante capitulum. (Son tombeau se trouve actuellement dans
« la chapelle du parc du château de Montorin, à Louvigné-du-
« Désert (Ille-et-Vilaine).

« Agatha, domina de Basselliis, sepulta juxta virum suum,
« anno 1264. (C'est probablement l'épouse de Hugues de la
« Bazoge, ci-dessus indiqué).

« Willelmus de Fougères, dit d'Anjou, fils de Henri. 13°
« calendas januarii 1212.

« Geofroy, fils de Willaume, fils de Henri de Fougères et
« d'Olive, frère de Raoul II. 18 calendas, julii 1212.

« Alain, comte de Goilon, fils de Henri, comte de Goilon.
« Cal. Januarii.

« Isabelle de Meulan, fille de Galleran, comte de Meulan.
« Le 6... de may 1220.

Nous désirons aussi indiquer à M. Laveille dans quels termes
les abbés commandataires de Savigny prêtaient serment entre
les mains des rois de France.

Nous connaissons l'acte authentique de la soumission que fit
Jean-Dominique Cuppi, cardinal de Trany, au royaume de
Naples, et évêque d'Ostie, au roi Henri II, le 17 Juin 1550.
Cette pièce nous permet de fixer la durée de son administration
aux trois années 1550, 1551 et 1552, car, vers la fin de cette
dernière année, un autre évêque italien, de la Marche d'Ancône,
sans doute son parent, ou même son propre neveu, occupait
la même fonction.

« Henry, par la grâce de Dieu Roy de France.

« A noz ámez et féaulx les gens de noz comptes et trésoriers
« à Paris. Au bailly de Constantin ou à son lieutenant, à
« Avranches. Et à noz procureur et recepveur oudict baillage.
« Salut et dilection.

« Sçavoir vous faisons que nostre très cher et amé cousin le
« révérendissime Cardinal de Trany, évesque Dostien, abbé de
« l'abbaye de Nostre-Dame de Savigny, diocèse dudict Avranches,
« nous a ce jourd'huy faict ez mains de nostre amé et féal
« chancellier, par son procureur, sur ce suffisamment fondé de
« lettres de procuration, quant à ce, le serment de fidelité qu'il
« nous estoit tenu faire pour raison du temporel de sa dicte
« abbaye de Savigny ses appartenances et deppendances en
« ce qu'elle se comporte et poursuict deuement et mouvaut de
« nous à cause de nostre Duchié de Normandye. Auxquels foy
« et serment de fidelité nous avons receu nostre dict cousin
« cardinal eu la personne de son dict procureur, sauf nostre
« droict et laultruy.

« Sy vous mandons et commectons par ces dictes présentes
« que etc., etc., etc...

« Donné à Saint-Germain-en-Laie, le xviie jour de juing, l'an
« de grâce mil cinq cent cinquante et de nostre règne la
« quatriesme.

« Par le Roy a nostre relation.   Signé : Le Picart.

« Au verso : Constantin.

(Archives nationales. Registres de la Cour des Comptes. Bailliage de Cotentin. P. 392. nº 111me xxviii).

Un siècle plus tard environ, Savigny fut dirigé par quatre
membres successifs d'une même famille, originaire de Bretagne.
MM. Charles, Henri, Charles-François et François-Marie de la
Vieuville eurent tour à tour, pendant plus de soixante ans, la
direction de cette illustre abbaye.

Qu'on nous permette de parler de deux d'entre eux et de
rappeler tout d'abord une anecdote qui concerne Henri, le
deuxième de notre liste, qui fut chevalier de Malte et qui fut
frappé à mort à la bataille d'Etampes, en 1652. Nous avons eu
déjà la primeur de cette historiette (1), d'après le manuscrit
alors inédit des *Curieuses recherches du Mont Saint-Michel*, par
dom Thomas Leroy. Elle peint bien le caractère impétueux,
parfois même violent, mais toujours chevaleresque, d'un repré-
sentant de l'Ordre de Malte, se faisant tantôt le protecteur des
églises, tantôt le plus intraitable des batailleurs les plus intrépides.

Notre chroniqueur parle de lui en ces termes :

« L'an 1648, le 27e jour de may, M. l'abbé de Savigny, cadet
« de la maison de la Vieuville, vint en voyage en ce Mont
« Saint-Michel, ayant un gentilhomme, un vallet de chambre
« et un pallefrenier avec luy à cheval et deux lacquets

« Pour ce qui est de sa personne, au lieu d'avoir l'habit blanc
« et le scapulaire noir de son patriarche Saint Bernard, de
« l'ordre duquel est le dict Savigny (2), il avait un habit de drap
« de Holande gris, avec le juste-a-corps chargé de passementerie

---

(1) Sauvage. Bibliographie normande. Nº 5. 1867.

(2) Cette description est bonne à retenir parcequ'elle indique le costume
de Savigny.

» ou grande natte d'or large de trois doigtz, avec le plumet à
» son chapeau, et l'épée à son costé pendue à un bosdrier en
» broderie d'or (1).

» Etant arrivé à la porte de la ville, les portiers et bourgeois
» qui étoient de garde luy demandèrent ses armes avant d'en-
» trer, suivant les ordonnances royaulx et la coutume gardée
» de longue main en ce lieu. Alors le jeune abbé cavalier, se
» mettant en colère, disant qu'il les portait bien dans le Louvre,
» mit la main à l'espée et en donna plusieurs coups de plat
» sur celui des portiers qui se trouva le plus près de luy. Après
» quoy il se fist un grand tumulte à la porte de la dite ville.
» Et peu s'en fallut qu'il ne reçeut affront et qu'on ne le ça-
» nardast. Mais bien luy en prit que cela arriva de bon matin
» et que les cerveaux de nos bourgeois du Mont Saint-Michel
» n'estoient point encore eschauffés du cyldre de Normandie.

» A ces bruitz, le s^r de la Guillonnière, lieutenant, et de la
» Lande, major, vinrent à la dicte porte. Et ce néanmoins luy
» permirent, à luy, et à un gentilhomme, d'entrer avec leurs
» espées.

» Il vint en l'abbaye où le R. P. Dom Dominique Huillard,
» pour lors prieur, l'entretint beaucoup et luy fit veoir le mo-
» nastère. Et par après, comme il sceut qu'on commençoit la
» grand-messe, il y alla l'entendre et puis monta à cheval pour
» aller à Pontorson incontinant pour affermer sa dicte abbaye,
» n'ayant jamais voulu manger ny boire en ce lieu, sinon qu'il
» gousta à une bouteille de vin qu'on luy envoya à l'hostel-
» lerye, pour obliger les religieux ».

L'historien fait suivre son récit de quelques réflexions d'une
haute moralité. Il ajoute : « Tout cecy doit nous faire déplorer
» la misère du temps, de voir ainsy les beaux monastères estre
» possédés par des sœculiers qui ne scavent aucune règle de
» religion. Et les pères et mères sont beaucoup blasmables
» devant Dieu de procurer auprès des Roys des bénéfices à
» leurs enfants qui soient dans une vie aussy mondaine ; car
» ils se sauveroient facilement sans cela dans le monde. Cela se
» voit en ce mesme abbé cy-dessus, lequel en la conversation

---

(1) Le véritable costume de l'un des mousquetaires d'Alexandre Dumas.

» de sa personne est très honneste homme et bien nay, bon
» cavalier, et qui a desia passé du temps dans les armées au
» service du Roy ».

Enfin le narrateur s'écrie avec onction et compassion :
« Notre Bon Dieu mette, s'il luy plaist, ordre à son église ! »

Nous aimerions également et d'une façon particulière, à
narrer à M. Laveille l'épisode mouvementé, qu'il ne connaît
sans doute pas, d'une révolution très sérieuse qui éclata à
Savigny presqu'un siècle avant la grande catastrophe qui provoqua
la fermeture de ses cloîtres et bientôt sa destruction entière.
Cette émeute, que nous pourrions peut-être appeler une tem-
pête dans un verre d'eau, tant elle était injustifiable, s'accomplit
en 1676. Elle eut un certain retentissement et un éclat inusité.
Les récits en furent portés jusqu'aux marches du trône du roi
Louis XIV et il fallut son intervention toute puissante pour le
rétablissement de la discipline régulière méconnue dans le
monastère. Elle avait provoqué diverses enquêtes conservées
dans les registres du temps, que nous avons feuilletés, et qui
révèlent d'une manière presque prophétique les événements qui
devaient se dérouler cent ans plus tard. De grand cœur nous
aurions communiqué à M. Laveille nos propres originaux et il
en eût tiré un meilleur parti que nous : mais nous ignorions
ses premiers plans.

Cette petite révolution eut du reste plusieurs épisodes qui
provoquèrent des débats presque tumultueux, dramatiques, et
une lutte qui se prolongea pendant plusieurs années, ainsi que
nous pouvons le constater.

Un arrêt solennel du grand conseil du Roi nous apprend
notamment qu'en exécution d'une première sentence du 28
août 1673, l'abbé de Clairvaux avait délégué Antoine Page, abbé
de Pontifrois, en qualité de commissaire spécial et supérieur en
l'abbaye de Savigny, pour y établir la Réforme, par la régularité
de l'office divin et prendre possession des lieux réguliers du
monastère. Ces décisions avaient été signifiées au procureur de
de Charles-François de La Vieuville, abbé de Savigny, dès le
1er septembre suivant.

Le silence le plus profond fut observé pour ce premier acte
de procédure.

Mais lorsqu'il fallut le notifier, le 10 octobre à la personne de La Vieuville et dans son abbaye même, ce fut bien autre chose. Jacques Lebigot, sergent royal au bailliage de Mortain, *et ses records*, se virent accueillis par les moyens les plus violents. *Ils furent excédés de plusieurs coups de bastons et poursuivis dans la distance de plus de deux cens cinquante pas. Et les auteurs de ces violences furent le cocher et le palfrenier dudict abbé revestus de ses couleurs qui auroient appelé et fait sortir de la maison les autres domestiques, leurs compagnons, jusques au nombre de douze.* Ces quatorze hommes, tous ensemble, avaient tenté en vain d'arracher des mains du sergent Lebigot, l'arrêt qu'il avait la mission de notifier d'une façon régulière. Ne le pouvant pas, le sergent royal dût se retirer, mal content et emportant pour lui et ses assesseurs chacun leurs volées de coups de *bastons*, avec leur notification non exécutée.

Ce fut alors que Lebigot rédigea son procès-verbal, qui fut également signé par Fleury et Gallouin, ses aides. De plus, comme *ces violences et rebellions étaient continuelles*, l'abbé de Clairvaux se vit dans la nécessité de recourir *au Grand Conseil du Roi, pour en obtenir justice.* L'arrêt ne se fit pas attendre long-temps : il est du 31 octobre 1673, et daté de Paris. Il ordonna une information sévère sur les faits relatés au procès-verbal, avec défenses à tous autres juges de connaître de cette instance qui ressortissait des conseils royaux, à peine de nullité et de cassation des procédures et même de 1500 livres d'amende.

La minute de l'arrêt du Grand Conseil est aux Archives Nationales. Une Expédition originale se trouvait aux archives de Mortain, 1re armoire, rayon 4.

Trois années plus tard, en 1676, des circonstances nouvelles renouvelèrent ces faits scandaleux.

Mgr François-Marie de la Vieuville venait d'être pourvu de l'abbaye de Savigny (1), vacante par la mort de l'évêque de Rennes, son oncle. Désireux d'y rétablir la discipline régulière qui en était bannie depuis longtemps, et sachant combien son prédécesseur avait été affligé de n'y pouvoir réussir, malgré le

---

(1) Lettres-patentes datées de Saint-Germain-en-Laye, du 3 février 1676. Original aux archives de Mortain, actuellement à Saint-Lo.

concordat que celui-ci avait fait avec les religieux de l'Etroite Observance de cet ordre, pour l'établissement de la *Réforme*, il prit la résolution d'y tenir une main très ferme (1). Après s'être donc assuré que cet acte avait été confirmé par lettres-patentes du Roi (2), il en poursuivit l'exécution avec vigueur et énergie.

L'abbé général de l'Ordre de Cîteaux vint alors faire bientôt sa visite régulière à Savigny. Il amena avec lui quelques religieux, afin d'y donner le bon exemple et d'y faire revivre la ferveur. Puis, après leur avoir remis ses règlements et en avoir ordonné l'exécution pour l'établissement de la *Réforme*, il s'était retiré avec toute confiance, laissant dans la maison ses moines et leur attribuant une chapelle spéciale pour leur propre usage.

L'abbé de Cîteaux avait constaté qu'il y avait urgence à faire cesser immédiatement les habitudes mauvaises prises à l'abbaye. Il était certain que depuis plus de dix ans le service divin n'y était plus célébré, non plus que les autres actes de régularité. Pour une maison religieuse, ces faits étaient un scandale véritable dans la province, disaient les titres relatés.

Les anciens moines que l'abbé de Cîteaux avait trouvés à Savigny, avaient paru acquiescer à ses conseils persuasifs, à ses bonnes paroles, ainsi qu'à ses injonctions et à ses ordres. Ils avaient même donné leur entière adhésion à l'introduction de leurs confrères nouvellement arrivés avec l'abbé. Tous paraissaient devoir vivre en parfaite harmonie.

Mais, à peine le supérieur fut-il parti, tout changea instantanément de face.

Cinq des anciens moines profès se cantonnent et s'enferment aussitôt dans les lieux réguliers. Ils occupent seuls l'église, dont ils défendent l'accès, et ils vont même jusqu'à barricader une chapelle du cloître, dans laquelle les nouveaux religieux de l'Etroite Observance faisaient le service divin. Alors, ceux-ci se voient obligés à s'installer dans une chapelle située hors de l'enclos

---

(1) Sauvage. Recherches historiques sur l'arrondissement de Mortain. 1851.

(2) Elles avaient été données à Saint-Germain-en-Laye, au mois d'avril 1672.

de l'abbaye, et à faire leur habitation dans la maison abbatiale, qui était indépendante.

Puis les anciens font appel aux populations du voisinage. Ils organisent des attroupements de gens armés et établissent des corps-de-garde dans le monastère, comme s'ils étaient en guerre et en état de siège.

A la nouvelle de ces désordres, qui menacent de se perpétuer, François-Marie de la Vieuville, le nouvel abbé de Savigny, adresse une supplique au Roi, et le requiert humblement de vouloir bien interposer son autorité et maintenir dans l'abbaye la *Réforme*, qui lui est si nécessaire. Il ajoute que Savigny n'avait plus à ce moment que six religieux, dont quatre s'étaient enfuis pour ne pas participer à la révolte et que deux moines résidaient seuls dans la maison : c'étaient évidemment les principaux fauteurs de l'agitation ; ils en étaient donc responsables.

En conséquence, un arrêt suprême fut rendu à Versailles par le Conseil d'Etat, en présence du Roi, le 3 octobre 1676. Cet arrêt ordonna l'établissement définitif des religieux de l'Etroite Observance à l'abbaye de Savigny. Il condamna, en outre, dom Denys Gaudin et dom Jacques de Pierres de la Poterie à se retirer incessamment à l'abbaye de Citeaux, pour y vivre régulièrement tout le temps que l'abbé général le jugerait nécessaire.

En présence de faits semblables, qui sont de la plus complète authenticité, nous comprenons parfaitement que les auteurs ecclésiastiques, et notamment ceux de la *Gallia christiana*, aient observé le plus profond silence. Ils ne pouvaient pas, d'ailleurs, prévoir les événements inévitables qui allaient s'accomplir dans un avenir relativement peu éloigné.

Aujourd'hui, avec les preuves en main, nous pouvons parler avec l'impassibilité de l'historien, et, comme le poète philosophe de l'antiquité, répéter :

Felix qui potest rerum cognoscere causas.

Hippolyte SAUVAGE.

PIÈCE JUSTIFICATIVE

Arrêt du Conseil d'Etat du Roy, Sa Majesté y étant, pour l'établissement de la Reforme dans l'abbaye de Savigny, de l'ordre de Cisteaux, fait par l'abbé général dudit ordre. — Du 3 octobre 1676.

Minutes originales des arrets d'Etat du Roi. Année 1676. — 44. Archives nationales. E. 1785. n° 208.

Expédition de cet arrêt. Titre en notre possession personnelle.

EXTRAIT DES REGISTRES DU CONSEIL D'ÉTAT

Sur les requestes presentées au Roy estant en son conseil ; par le Seigneur de la Vieuville, abbé commendataire de l'abbaye de Nôtre-Dame de Savigny, ordre de Cisteaux, Diocèse d'Avranches, contenant qu'ayant été nommé par Sa Majesté à ladite abbaye au lieu du feu sieur Evesque de Rennes, son oncle, sa première application a esté de chercher les moyens d'y restablir la discipline regulière qui en estoit bannie depuis longtemps, quelque soin qu'eut apporté ledit feu sieur Evesque de Rennes d'y pourvoir de son vivant ; et comme il n'y en a pas eu de plus efficace que d'y introduire la Reforme, le suppliant ayant trouvé que ledit défunt avait fait un concordat avec les Religieux de l'Etroite Observance dudit ordre et les anciens religieux de ladite abbaye pour l'établissement de la Reforme en icelle, confirmé par Lettres patentes de Sa Majesté, il en a poursuivy l'exécution ; ce qui a esté fait par le sieur abbé général dudit ordre dans l'acte de sa visite regulière en ladite abbaye : mais au lieu que lesdits anciens religieux ayent secondé les louables intentions du suppliant, auxquelles ils avoient acquiescé et souscrit du vivant dudit feu Sieur Evesque de Rennes, ils se sont cantonnés dans les lieux reguliers de ladite abbaye, occupé l'église, mesme barricadé une chapelle, dans laquelle lesdits religieux de l'Etroite Observance faisoient le service divin, les ont reduit à le faire dans une chapelle hors l'enclos de ladite abbaye, et à faire leur habitation dans la maison abbatiale, ont fait faire des attroupemens de gens armés, estably des corps-de-garde, comme s'ils estoient en pays ennemy; en quoy l'authorité de Sa Majesté se trouvant blessée, et ces sortes de voyes de fait estant capables d'exciter du tumulte, et causer des désordres qui pourroient troubler le repos du païs, le suppliant a creu qu'il estoit de son devoir de faire ses très humbles remontrances, requérant qu'il plût à Sa Majesté d'interposer cette mesme authorité offensée, pour prevenir les suites dangereuses de cette entreprise, et maintenir par sa justice cet établissement de la Réforme si nécessaire à cette abbaye, qui se trouve dans le désordre, et où il ne se fait aucun service, le peu de religieux qui s'y trouve ne suffisant pas, n'y en ayant que deux des six qui restent, qui y fassent leur résidence ordinaire.

L'autre requeste présentée par les religieux de la dite Etroite Observance, contenant que ledit sieur abbé général de Cisteaux faisant sa visite régulière dans ladite abbaye de Savigny, auroit jugé à propos d'y faire plusieurs reglemens, et entre autres d'y establir la Réforme pour faire cesser le scandale qui, depuis plus de dix ans, estoit causé dans la province par le deffaut du service divin et des autres actes de régularité : et à cet effet auroit mandé les supplians et les auroit introduis dans ladite abbaye ; mais cinq anciens religieux profez d'icelle s'y seroient opposez, et, par voie de fait, auroient empesché les supplians de faire le service divin et les autres pratiques de communauté, leur ayant fermé les portes de l'église et des autres lieux réguliers, et mesme barricadé une chapelle dans le cloistre où ils avoient commencé de chanter l'office ; ce qui auroit d'autant plus surpris les supplians, que lesdits religieux anciens avoient cy-devant consenty leur introduction et établissement dans ladite abbaye, et que mesme Sa Majesté l'avoit permis par ses lettres patentes vérifiées en son grand conseil.

A ces causes requeroient les supplians qu'il pleust à Sa Majesté ordonner que les dites lettres patentes seront exécutées, ensemble les reglemens et ordonnances faites par ledit sieur abbé général dans le cours de sa visite en ladite abbaye : ce faisant, que lesdits religieux de l'Etroite Observance seront maintenus dans la possession de l'église, lieux réguliers et autres charges de ladite abbaye, avec deffenses à toutes personnes de leur donner aucun trouble et empeschement, à peine de désobéissance.

Veu lesdites requestes, lettres patentes de Sa Majesté pour l'introduction et établissement de la Réforme dans ladite abbaye de Savigny, données à Saint-Germain-en-Laye, au mois d'avril 1672. Arrest du grand conseil de vérification des dites lettres du 16 juillet suivant ; procès-verbal dressé par ledit sieur abbé général de l'Ordre de Cisteaux pendant le cours de sa visite en ladite abbaye ; ses reglemens et ordonnances des 28, 29, 30 et 31 août 1676, et autres pièces attachées auxdites requestes.

Oüy le rapport, et tout considéré :

Le Roy estant en son conseil, A ordonné et ordonne que lesdites lettres patentes, ensemble lesdits reglemens et ordonnances dudit abbé général seront exécutées : Ce faisant, que lesdits religieux de l'Etroite Observance demeureront établis en ladite abbaye de Savigny, pour y faire le service divin, tous actes de régularité et communauté et autres charges de ladite abbaye. Fait Sa Majesté très-expresses deffenses à toutes personnes de leur donner aucun trouble ny empeschement, à peine de désobéissance, et pour punir celle qui a esté faite audit abbé général par lesdits anciens religieux, Ordonne sadite Majesté que Dom Denys Gaudin et Dom Jacques de Pierres de la Poterie se retireront incessamment dans l'abbaye de Cisteaux, pour y vivre régulièrement tant et si longuement que ledit abbé général le jugera à propos.

Fait au Conseil d'Estat du Roy, Sa Majesté y estant, tenu à Versailles, le troisième jour d'octobre mil six cent soixante seize. La minute est signée *d'Aligre*. — Et sur l'expédition se trouve la signature *Phelyppeaux*.

———————

A la suite de cet arrêt, l'expédition contient la mention suivante :

Louis, par la grâce de Dieu, Roy de France et de Navarre.

Au premier nostre huissier ou sergent sur ce requis, nous te commandons par ces présentes signées de nostre main, que l'arrest dont l'extrait est cy-attaché sous le contrescel de nostre chancellerie, donné sur les requestes à nous présentées, l'une par le sieur de la Vieville, abbé commendataire de l'abbaye Nostre-Dame de Savigny, ordre de Cisteaux, diocèse d'Avranches; et l'autre par les religieux de l'Etroite Observance dudit ordre de Cisteaux, tu signifies tant à Dom Denys Gaudin et Dom Jacques de Pierres de la Poterie dénomméz audit arrest, qu'à tous autres à qui il appartiendra, à ce qu'ils n'en prétendent cause d'ignorance, et ayent à y déférer et obeyr, leur faisant les deffenses y contenües sur les peines y déclarées : de ce faire et tous autres exploits et actes de justice nécessaires pour l'exécution dudit arrest, te donnons pouvoir, commission et mandement spécial, sans pour ce demander autre permission, nonobstant clameur de haro, charte normande, prise à partie, et autres choses à ce contraire ; car tel est nostre plaisir.

Donné à Versailles, le troisième jour d'octobre, l'an de grâce mil six cent soixante-seize, et de nostre règne le trente-quatrième. Signé : *Louis*, et plus bas : Par le Roy, signé : *Phelyppeaux*, et scellé du grand sceau de cire jaune.

Collationné aux originaux par nous conseiller secrétaire du Roy, maison, couronne de France et de ses finances.

Signature.

Imprimerie Avranchinaise de Jules DURAND, rues Boudrie et Quatre-Œufs